D1874821

Werner Färber

Geschichten von der kleinen Katze

Illustrationen von Gertie Jaquet

Loewe

Dieses Buch ist auf chlorfrei gebleichtem Papier gedruckt.

ISBN 3-7855-3037-4 – 2. Auflage 1996
© 1996 by Loewe Verlag GmbH, Bindlach
Umschlag: Gertie Jaquet
Satz: Leingärtner, Nabburg
Gesamtherstellung: New Interlitho Italia SPA
Printed in Italy

Inhalt

Aus heiterem Himmel

Marie arbeitet im  .

Sie hat ihr eigenes  .

In Maries  wachsen  ,

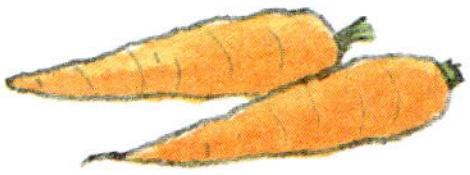 ,  und 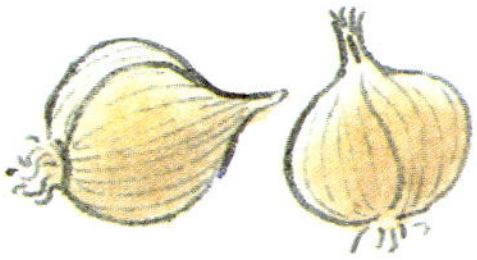 .

Plötzlich legt Marie den 

weg. Da bewegt sich etwas hinter

der . Eine kleine  !

Sie ist schwarz wie ein  .

„Wie kommst du denn in

unseren  ?“, fragt Marie.

Die kleine  miaut leise.

Vorsichtig streckt Marie die 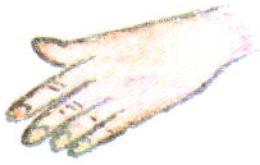

nach ihr aus. Die kleine 

erschrickt und versteckt sich hinter

der  . Marie kniet im 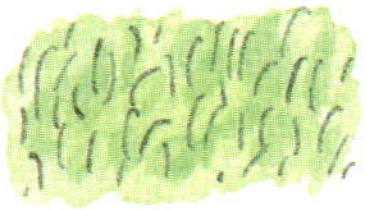 .

„Möchtest du  haben?“,
fragt sie. Die kleine  miaut
noch einmal. Langsam steht Marie
auf. „Lauf aber bitte nicht weg!“,
sagt sie zu der . Marie geht
ins  und holt etwas .

Mit einer vollen  kommt sie

in den  zurück. Die kleine

schwarze  ist noch da.

Sie sitzt auf Maries 

und spielt mit einer .

Marie stellt die  ins 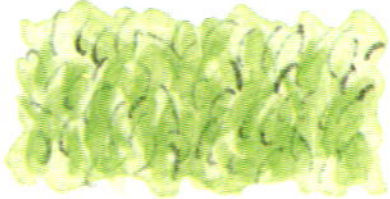.

Die kleine  schleicht sich an.

Sie schnuppert an der .

Dann schlabbert sie mit ihrer

rosa  die ganze  leer.

Ihre  sind von der 

ganz weiß geworden. Mama und

Papa kommen in den .

„Darf ich die  behalten?“,

fragt Marie. „Nur, wenn sie

niemandem gehört“, sagt Mama.

Dann krault sie die kleine 

hinter den . Auch Papa ist

einverstanden. Und weil die

kleine schwarze  mit ihren

weißen  so lustig

aussieht, weiß Marie auch schon,

wie sie heißen soll: Milchbart.

Milchbart muss zum Tierarzt

Milchbart muss zum .

Sie soll untersucht werden.

Mama legt ein 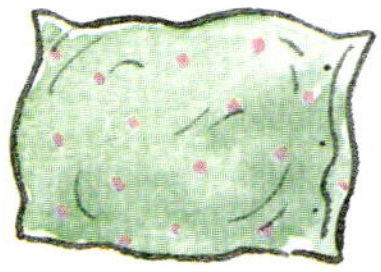 in ihren .

Marie setzt die kleine  hinein.

Mit zwei 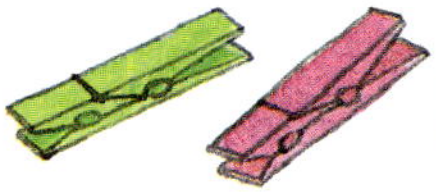 befestigt Mama

ein  über dem , damit

Milchbart nicht herausspringt.

Mama spannt den  auf

ihr  und radelt los. Marie

fährt mit ihrem  hinterher.

Neugierig streckt die kleine 

den  unter dem 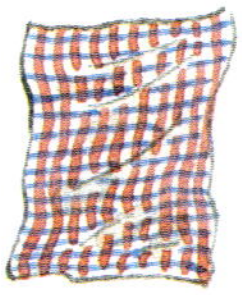 hervor.

Beim  müssen sie ein

wenig warten. In einem 

sitzt ein bunter .

Milchbart faucht ihn erschrocken

an. Marie geht mit Milchbart

zu einem anderen .

Doch jetzt setzt sich ein 

mit einem  neben sie.

Die kleine  wird unruhig.

Bestimmt denkt Milchbart,

der  sei eine .

Endlich dürfen sie zum 

hinein. Er untersucht Milchbart

gründlich. Die kleine  ist

kerngesund. Damit das so bleibt,

wird sie mit einer 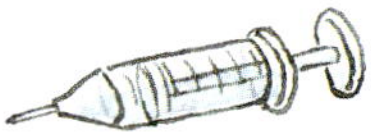 geimpft.

Der  macht das sehr

geschickt. Milchbart hält ganz still.

Marie ist froh. Jetzt darf sie die

kleine  endgültig behalten.

Mama hat eine Idee

Heute Morgen hat Milchbart auf

den  gepinkelt. Mama hat

die kleine  ausgeschimpft.

Da hat sie sich unter dem 

versteckt. Mama hat einen 

geholt. Mit einem 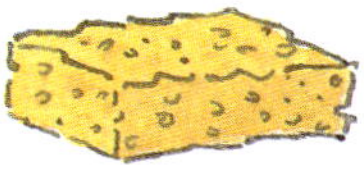 hat

sie den  geschrubbt.

Marie hat ihr dabei geholfen.

„Du musst Milchbart beibringen,

dass sie in den  oder

in die  unter der 

pinkeln soll“, sagt Mama.

„Wenn sie allein in den 

könnte, müsste sie nicht mehr im

 pinkeln“, meint Marie.

„Da hast du Recht, Marie!“

Mama überlegt kurz. Dann holt

sie eine  und sägt einfach

ein  in die . Verwundert

schaut Marie zu, wie Mama ein

paar  in das  schraubt.

Endlich begreift sie, was Mama da macht. Sie baut eine  , damit die kleine  allein in den  gehen kann.

Jetzt muss Milchbart nur noch lernen, wozu die  da ist.

Marie bindet eine  an
einen 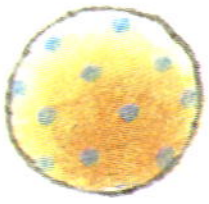 und geht hinaus.
Milchbart will mit in den .
Schnell macht Marie die 
hinter sich zu. Enttäuscht bleibt
die kleine  zurück.

Plötzlich rollt der  durch die  herein und bleibt direkt vor Milchbarts  liegen. Milchbart stupst den 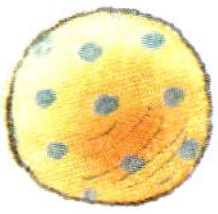 vorsichtig an. Marie zieht an der  . Die kleine  folgt dem 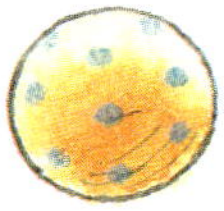 .

Er rollt auf die  zu. Die geht

auf und der 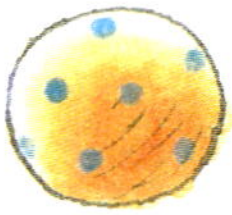 rollt hinaus.

Schwups, geht die  wieder zu.

Milchbart rennt dem 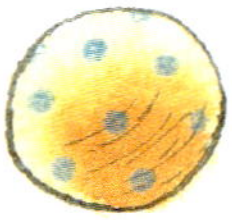 nach

und stößt sich den .

Das tut weh. Sofort verzieht sich

die kleine  unter das .

Marie muss sie noch oft mit dem 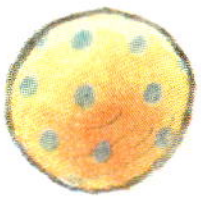

locken. Aber schließlich begreift

Milchbart, wozu die  da ist.

Lästiger Besuch

Die kleine  liegt schnurrend im  . Die  scheint zum  herein. Wenn nur die lästige  nicht wäre.

Dauernd brummt sie Milchbart um die  . Plötzlich ist es still.

Wo hat sich die  hingesetzt?

Die kleine  schaut sich

suchend um. Aha, dort auf

der 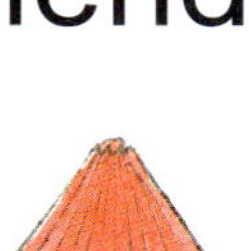 sitzt sie. Leise springt

Milchbart auf den  .

Das ist eigentlich verboten.

Aber wie soll sie sonst die 

fangen? Doch die ist schon

wieder weg. Jetzt hockt sie auf

dem  an dem . Milchbart

springt auf das 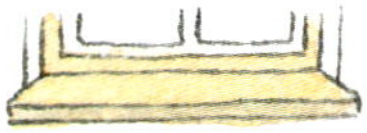.

Dabei rutscht das 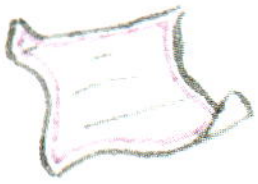 leider

herunter. Die  fällt vom .

Sie zerspringt in tausend .

Wenigstens fällt der  nicht

herunter. Er kippt bloß um.

Der  bleibt auch heil. Aber

die  ist schon wieder fort. Sie

sitzt auf dem roten 

am . Sehr weit oben.

Die kleine  klettert mit ihren scharfen  an dem  hoch. Doch die  hat es gemerkt. Sie brummt zum offenen  hinaus. Die kleine  schaut ihr verdutzt hinterher. Dann zieht sie ihre  ein und lässt einfach den  los. Geschickt landet Milchbart auf den .

Sie legt sich wieder in den  .

Als Marie zur  hereinkommt,

springt Milchbart auf um sie

zu begrüßen. Aber Marie sieht

die 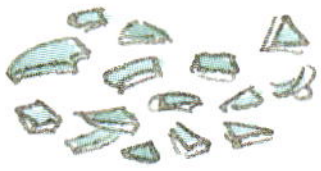 und schimpft.

Mit gesenktem  verkriecht

sich Milchbart unter dem 

und schmollt. Sie wollte doch nur

die lästige  verjagen.

Hund und Katz

Milchbart liegt auf der  . Die kleine  lässt sich von der  wärmen. Ein  zwitschert im  . Aber das kümmert Milchbart nicht. Sie hat ihre  geschlabbert und ihren 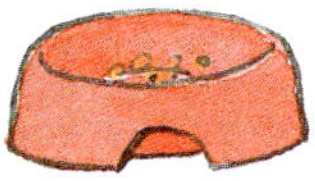 leer gefressen.

Dann hat sie ihr schwarzes 

geleckt. Und jetzt will sie sich

ausruhen. Plötzlich spitzt die

kleine  ihre  und

lauscht. Sie hat etwas gehört.

Blitzschnell hebt Milchbart

den . Am 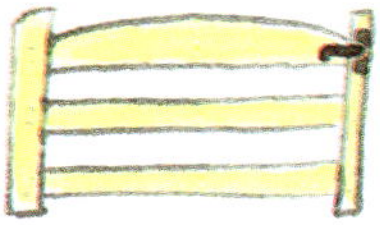 steht

ein . Das ist Struppi

aus dem  gegenüber.

Die kleine  hat noch nie

zuvor einen  gesehen.

Neugierig kommt Struppi

zur 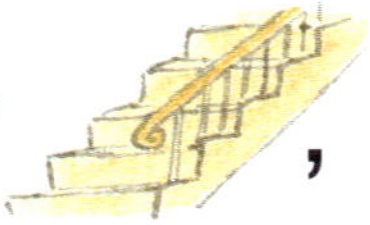, auf der die 

liegt. Milchbart springt auf.

Der  kommt ihr gefährlich

groß vor. Er wedelt mit dem  .

Für eine  heißt das: „Pass bloß

auf!“ Woher soll Milchbart wissen,

dass der  es freundlich meint?

Die kleine  hebt drohend

ihre . Struppi hebt auch

seine . Für einen  heißt

das: „Komm, lass uns spielen.“

Zack, bekommt der 

Milchbarts  zu spüren.

Laut bellend rennt Struppi weg.

Er läuft über die  und

verschwindet im  gegenüber.

Milchbart zeigt die  und

faucht Struppi hinterher. Wieder

einmal haben  und 

einander nicht verstanden.

Milchbart erkundet den Garten

Marie sitzt am  und
beobachtet Milchbart im  .
Die kleine  streicht durch
das  . Sie schnuppert an
einem  . Sie läuft zum 
und schaut den 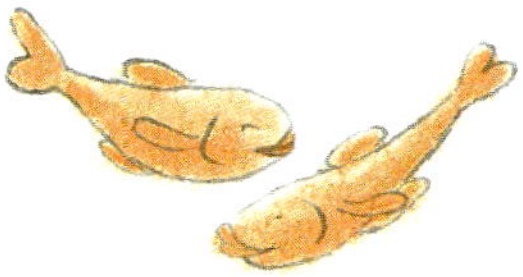 zu.
Sie fischt mit der  nach ihnen.

„Hör auf, Milchbart!“, ruft Marie.

Beinahe plumpst die kleine 
in den . Verwundert schüttelt
sie die nasse . Aber schon
tapst sie weiter zur 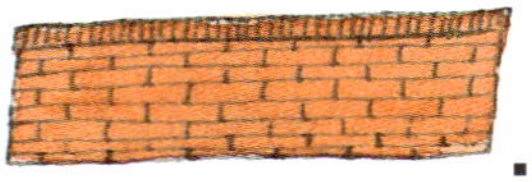.

Dort liegt eine  auf

den warmen  . Vorsichtig

schleicht sich die kleine 

an. Die  huscht davon.

Schade! Aber im  gibt es

noch viel mehr zu entdecken.

Um Milchbarts  brummt

eine . Ein  krabbelt

im . Im  sitzt ein 

und pickt nach den .

Dann flattert ein bunter 

durch den . Milchbart tollt

übermütig hinterher. Der 

setzt sich auf die  im .

Die kleine  springt hinterher

und plumpst in den .

Der  ist längst fort.

Marie rennt schnell hinaus.

Als sie den  erreicht, steht

Milchbart pitschnass im  .

Die kleine  schüttelt sich

und niest. Wie gut, dass auf

der  im  ein

großes 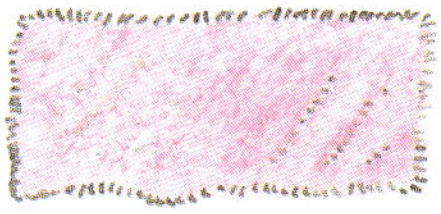 hängt.

Behutsam wickelt Marie die

kleine  ein. „Für heute hast

du genug gelernt“, sagt Marie und

nimmt Milchbart mit ins .

Die Wörter zu den Bildern:

Garten

Gießkanne

Beet

Katze

Blumen

Rabe

Karotten

Hand

Radieschen

Schubkarre

Zwiebeln

Gras

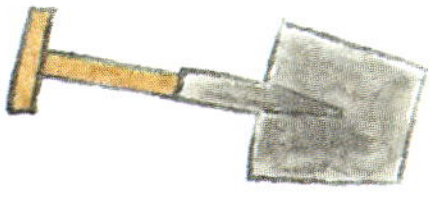
Spaten

Milch

Haus

Tasse

Zunge

Barthaare

Ohren

Tierarzt

Kissen

Korb

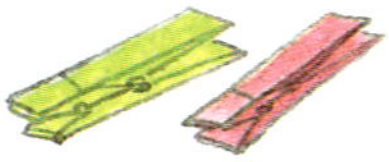

Wäsche-
klammern

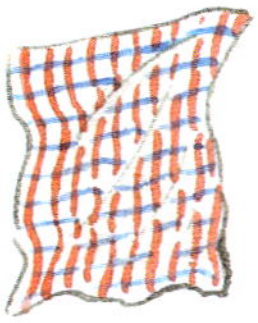

Tuch

Fahrrad

Kopf

Käfig

Papagei

Stuhl

Junge

Hamster

Maus

Spritze

Teppich

Sofa

Eimer

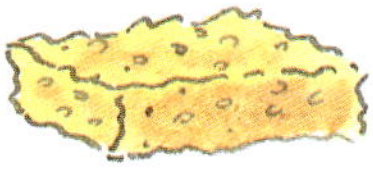
Schwamm

Katzen-
kiste

Treppe

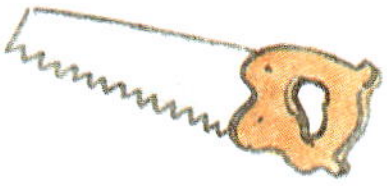
Säge

Loch

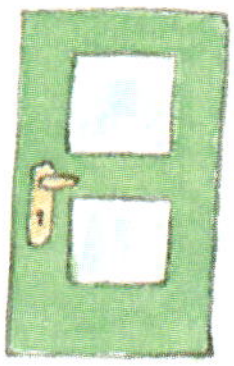
Tür

Haken

Holz

Klappe

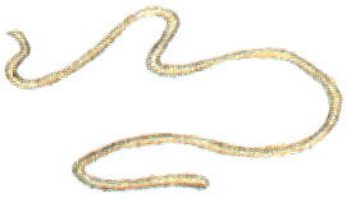
Schnur

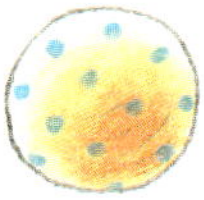
Ball

Pfoten

Sessel

Sonne

Fenster

Fliege

Lampe

Tisch

Kaktus

Fensterbrett

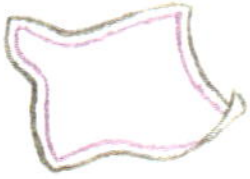

Tischtuch

Vase

Scherben

Blumentopf

Vorhang

Krallen

Schrank

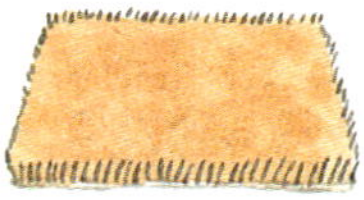

Fußmatte

Vogel

Baum

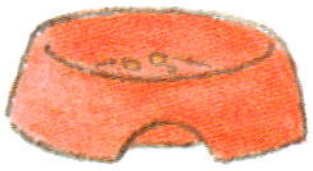

Fressnapf

Fell

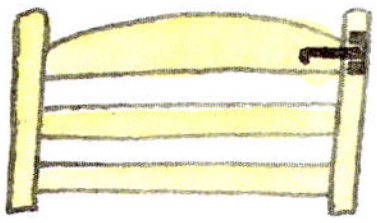
Gartentor

Eidechse

Hund

Steine

Schwanz

Hummel

Straße

Käfer

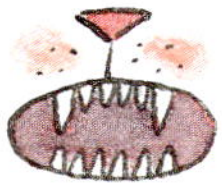
Zähne

Kirschen

Gänseblümchen

Schmetterling

Teich

Seerose

Fische

Wäscheleine

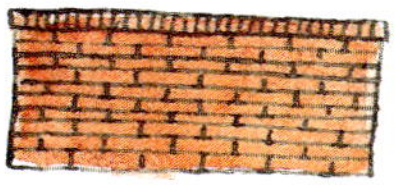
Mauer
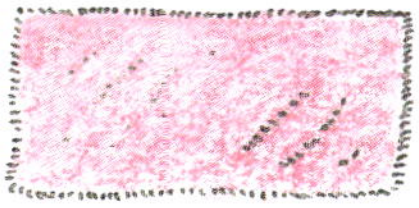
Handtuch